Auch nachdem Shiho die Bühne verlassen hatte ...

... wollte der Applaus einfach nicht abebben.

Kapitel 41:
Meine Gefühle
und die letzte
Kampfansage

 Inhalt

6

... jetzt ...

Aber ...

Ich dachte, wenn wir den Wettstreit beim Schulfest gewinnen und ich den Grund erfahre, warum Shiho ausgestiegen ist ...

... hat ein Sieg keinen Sinn mehr.

... hätte ich endlich einen Ansatz, um mich mit ihr zu versöhnen.

Ich will sagen, dass ich in dich verknallt war.

Ich weiß jetzt zwar, was mit Shiho los war ...

Wobei es mich zumindest beruhigt, dass sie nicht ausgestiegen ist, weil sie was gegen mich hatte.

... aber ...

... ich glaube, ich habe es noch nicht wirklich begriffen.

Ich will
...

... Shiho weiterhin nah sein.

Aber
...

... solange ich Gefühle für Yori habe ...

... verletze ich Shiho nur noch mehr.

... kann mir nicht vor-stellen, sie ihr wegzu-nehmen.

Ich will, dass die beiden glücklich sind.

Aber ...

... wohin soll ich dann mit meinen ak-tuellen Ge-fühlen ...

... für Yori?

Roger!

Dann mal auf zum letzten Sound-check.

Das hoffe ich.

Aber bis zum Gig bin ich wieder aufm Damm!

Selbst ...

...

Starr

... eine Nacht lang zu grübeln hat nichts gebracht.

Ich weiß immer noch nicht ...

... was ich heute für Yori empfin-de.

Hey, Leute.

Sorry, dass ich dauernd meine Meinung ändere.

Könnten wir als letzten Song heute ...

Oh Mann.

Hast recht ...

Sorry. Ich wollte euch nicht vor den Kopf stoßen ...

Können wir machen. Aber das kommt echt plötzlich.

Wupp

Kein Ding.

Ehrlich gesagt ... hab ich keine Ahnung, ob das wirklich was bringt.

...

Für Sweet Explosion ist nichts unmöglich.

Na und? Macht doch nichts.

... ist es tausendmal besser, zu machen, was du willst, und dafür Ärger zu kassieren.

Statt nichts zu sagen und dich hinterher zu ärgern ...

Ja, absolut!

Oder ... Kaori Tachibana?

... geb ich mir alle Mühe!

Wenn ich dir so helfen kann, Akki ...

Ich auch.

Patt

Mari ...

Kaori ...

24

3A
☆COS☆
☆CAFE

Yori-senpai

Tut mir leid. Wir proben heute bis kurz vor unserem Auftritt ...

Sorry...

Ihr rockt das!🎸

26

Schon okay. Das wollte ich dir unbedingt noch sagen ...

Viel Erfolg!

Wie süß ...

Danke, dass du extra vorbeischaust.

Gut.

Ich jubel euch ganz laut zu!

... auch im Publikum sein wird?

Ob Shiho ...

*verniedlichende Anrede für gute Freund*innen und kleine Kinder

Hima-chan*!

Du musst dir also keine Sorgen machen.

Wir haben abgemacht, den Stand des Koch- und Backklubs vor eurem Gig abzubauen und dann gemeinsam zur Bühne zu gehen.

Ich hab doch nicht verpennt, wann wir aufräumen, oder?

Tut mir leid, dass ich so reinplatze.

Momoka-senpai*?

Nein, nein, alles gut.

*Anrede für ältere Schüler*innen, Studien- und Arbeitskolleg*inne

Aber ...

?

Flüster mir ein Liebeslied

Flüster mir ein Liebeslied

Kapitel 42:
Das Dach, meine
Senpai und eine
letzte Bitte

Haah!

Haah!

Yakisoba ☆☆

Bis Sweet Explosion dran ist ...

... ist noch etwas Zeit.

Shiho-senpai.

Wo ist sie?

Schulküche

Hier ...

... auch nicht ...

... sonst sein?

Wo kann sie ...

Schreck

Genau!

Eingang

Wenn jemand fern vom Trubel des Schulfests ...

Schrrt

Aki-
senpai!

Sst

Hallo zusam-
men.

Wir sind
Sweet Ex-
plosion.

... haben wir extra für heute geschrieben.

Den nächsten Song ...

Unersetzliche Zeit mit Freundinnen

Es geht darum, dass man die Zeit mit lieben Freundinnen ...

... in vollen Zügen auskosten will.

Hey, ihr da hinten! Steht nicht nur gelangweilt rum!

Flüster mir ein Liebeslied

Flüster mir ein Liebeslied

Kapitel 43:
Der Song, mit
dem ich dich
erreichen will

Klammer

Ich hab alte Zeiten Revue passieren lassen.

Wie wir gemeinsam in der Band gespielt haben.

Unsere erste Be-gegnung.

Was ich dir gestern gesagt hab, hab ich wirklich so gemeint.

Mit dir hat's ...

... immer großen Spaß ge-macht.

Ich weiß natürlich nicht, wie's dann mit uns weitergeht.
Vielleicht werden wir uns wieder fetzen.
Vielleicht so heftig, dass dann gar nichts mehr zu kitten ist.

Also, für Maa-chan und mich ist das okay ...

Lins

Spielen wir ihn. In unserer aktuellen Besetzung.

Perfekt wird's vielleicht nicht, aber wir kriegen das schon hin.

Ich kenn den Song.

Wirklich?

Aber ...

Dan...

Hä?!

... du wirst ...

... ihn singen.

Der Song ist dir so wichtig ...

... du kannst ihn nicht mir überlassen.

Du übernimmst die Vocals, Mizuguchi.

Aber ...

Hier geht's doch nicht darum, wer am besten singt.

... du singst viel besser als ich ...

Es ist mir völlig egal ...

... was du inzwischen für Asanagi-san* fühlst.

* höfliche, geschlechtsunabhängige Anrede

Genau.

Du und ich ...

... wir sind Geschichte.

Deine Shino

Das hab ich ...

... doch alles längst abgehakt.

Ich ...

Kyo ...

Yay!

Aber gib mir nicht die Schuld, wenn du's doch bereust.

Flüster mir ein ♪ Liebeslied

Flüster mir ein Liebeslied

Kapitel 44:
Das Ende
des Fests und
die jeweiligen
Gefühle

Prassel

Haaah ...

Na ja. Dafür, dass wir frei Schnauze gespielt haben, haben wir uns gut geschlagen.

Platz zwei ist schön und gut. Aber warum hat Laureley so viel mehr Stimmen gekriegt?

Aber mich ärgert's trotzdem!

Sie waren halt wirklich gut.

Hieks

He he he!

Also ich freu mich.

Schließlich haben sich Shihohon und Akki versöhnt.

Ja, stimmt schon.

Hm? Sag bloß, du weißt, warum, Kaori Tachibana?

...

Äh ...

Wobei.

Weswegen hatten die beiden denn jetzt eigentlich Zoff?

... weißt du doch, dass ich auch in Zukunft immer bei dir sein werde, Maa-chan.

Außerdem ...

Bringen wir die Prüfungen schnell hinter uns.

Du musst nicht traurig sein.

Und dann planen wir das große Konzert bei der Abschlussfeier.

Wupp

Was?!

Das muss jetzt auch nicht sein.

Hier!

Den hast du dir verdient, Hajime-chan!

Kakao

Das wär geschafft.

Danke.

Das war aber auch echt verwegen von Mizuguchi-san.

Es war so niedlich, wie Shiho-chan plötzlich ganz kleinlaut wurde.

Richtig cool.

Kakao

Ja, total.

Das Schulfest ist wirklich wie im Flug vergangen.

Tipp
Tipp

...

Grmpf

...

Ich wollte gewinnen ...

Yori-senpai.

Bist du immer noch geknickt?

Weil ... Also ... Na ja ...

Ich wollte dir imponieren, indem ich haushoch gegen Izumi-san gewinne ...

Murmel

Murmel

Ist doch nicht schlimm.

Hach!

Also für mich bist du immer die Nummer eins!

Dafür ...

... hat heute doch sonst vieles geklappt.

Ich freu mich total, dass Shiho-senpai jetzt weiß, wie Aki-senpai empfindet.

Patt

Du im
Butler-
Outfit.

Ach
...

Schon
gut ...

Hah
...

Ist es
nicht!

Das
zieht mich
jetzt rich-
tig run-
ter ...

Ich hab
kein Foto
davon ge-
macht.

Auf gar
keinen
Fall!

Trag's das
nächste Mal,
wenn ich zum
Date bei dir
daheim bin!

Was?!

Aber
wieso
denn
nicht?

Dann ...
dann cos-
play ich
halt auch
was!

Nee, ich
glaub, das
lassen wir
besser ...

Unseren
Wettstreit
hab ich
verloren.

Tja ...

Das
war doch
klar.

A...

Aber
...

... du sitzt
jetzt neben
wir, weil's
funktioniert
hat.

Ey!

Schock

Ein spontan
einstudierter
Song, eine ewig
lange Ansage,
die die Leute an-
ödet ... Was hast
du denn anderes
erwartet?

Und überhaupt.

Das ist doch voll das Klischee, mit 'nem Song von früher auf die Tränendrüse zu drücken.

Wa...?!

Bild dir bloß nix drauf ein!

So war das überhaupt nicht gedacht!

Quatsch

Ach nein?

Gar nicht!

So was traust du mir zu?

Aber ...

Ich war mir total sicher, dass du mich mit Rumheulen weichklopfen willst ...

... was hat dich dann ...

... dazu gebracht, mit mir zu reden?

Na ja ...

... hat mir einen Schubs in die richtige Richtung gegeben.

Eine alte Freundin ...

Ich sollte nicht denselben Fehler zweimal machen ...

... meinte sie.

... eh nicht.

Ich könnt's erklären, aber das verstehst du ...

Hm? Was?

Denk dran.

Mit Freundinnen muss man sorgsam umgehen.

Na ja, dann muss ich mich wohl bei deiner Freundin bedanken.

Ja ...

Aha ...

Shiho.

Du hast doch ...

Ich wollte einfach, dass du das weißt ...

Warum bist du plötzlich so verkrampft?

... gesagt, wir können ...

... keine Freundinnen mehr sein.

Fortsetzung folgt

Flüster mir ein Liebeslied

Flüster mir ein Liebeslied

Special Thanks ♪

an meinen Redakteur Ten-san
an die Designer von SALIDAS
an meine Assistent*innen Yuuki
Kurihara-san
Tomtom-san
Futsuka-san
&
an alle, die dieses Buch
gelesen haben!

Eku
Takeshima

Takeshima

Nachricht der Mangaka

Die Geschichte vom Schulfest ist sehr lang
geworden, fand aber nun hier in Band 9 ihren
Abschluss. Bald startet auch der Anime im Fernsehen.
Es fühlt sich immer noch wie ein Traum an, dass ich
Flüster mir ein Liebeslied bald animiert sehen darf.
Ich bin schon so gespannt!

Eku Takeshima

TOKYOPOP GmbH
Hamburg

TOKYOPOP
1. Auflage, 2024
Deutsche Ausgabe/German Edition
© TOKYOPOP GmbH, Hamburg 2024
Aus dem Japanischen von Verena Maser

© 2024 Eku Takeshima.
All rights reserved.
First published in Japan in 2024 by Ichijinsha Inc., Tokyo.
Publication rights for this German edition arranged
through Kodansha Ltd., Tokyo.

Redaktion: Katrin Aust
Lettering: Vibrant Publishing Studio
Herstellung: Rita Geers, Nils Bornemann
Druck und buchbinderische Verarbeitung:
CPI–Clausen & Bosse GmbH, Leck
Printed in Germany

 Wir achten auf die Umwelt.
Dieses Produkt besteht aus FSC®-zertifizierten
und anderen kontrollierten Materialien.

ISBN 978-3-7593-0225-0

www.tokyopop.de

Flüster mir ein Liebeslied

ALICE UND DIE HALBBLUTHEXE

KUJIRA

Ich bleibe bei dir bis ans Ende der Welt!

Auf den ersten Blick scheint Halbbluthexe Mari an der Hexen-schule völlig fehl am Platz zu sein. Doch schnell muss ihre wider-willige Tutorin Alice erkennen, dass in ihr eine mächtige Gabe schlummert, die das Gleichgewicht zwischen den Menschen und den Hexen für immer ins Wanken bringen könnte. Und auch Alice selbst kann sich Maris Zauber nicht entziehen …

www.tokyopop.de

LOVE YOU TILL YOU DIE

Nachi Aono

Über das Mädchen, das nicht stirbt

In einem vom Krieg beherrschten Land existiert ein Waisenhaus, in dem Kinder ohne Verwandtschaft nicht nur ein Zuhause finden: Dieses Heim fungiert außerdem als Magieschule, die ihre Zöglinge zu magischen Soldaten ausbildet. Eines Abends lernt die 14-jährige Schülerin Shiina, die sich nichts sehnlicher als den Frieden wünscht, ihre neue Zimmergenossin Mimi kennen. Diese gilt als Geheimwaffe der Schule und kommt blutüberströmt – aber mit einem Lächeln im Gesicht – von einem Einsatz zurück. Schnell spricht sich herum, dass Mimi eine besondere Fähigkeit besitzt: Sie kann nicht sterben ...

www.tokyopop.de

STOPP!

**Dies ist die letzte Seite des Buches!
Du willst dir doch nicht den Spaß verderben
und das Ende zuerst lesen, oder?**

Um die Geschichte unverfälscht und original-
getreu mitverfolgen zu können, musst du es
wie die Japaner machen und von rechts nach
links lesen. Deshalb schnell das Buch um-
drehen und loslegen!

So geht's:

Wenn dies das erste Mal sein
sollte, dass du einen Manga
in den Händen hältst, kann dir
die Grafik helfen, dich zurecht-
zufinden: Fang einfach oben
rechts an zu lesen und arbeite
dich nach unten links vor.
Viel Spaß dabei wünscht dir
TOKYOPOP®!